아메바

최승호 시집

문학동네시인선 001 최승호

아메바

시인의 말

얼마 전 나사(NASA)는 비소(As)를 먹고 생존하는 새로운 생명체의 존재를 발표했다. 비소를 먹고 사는 놈이 있다니! 나는 그놈도 한 영물(靈物)이라고 생각한다. 어쩌면 텅 빈 채 죽은 것처럼 보이는 허공이야말로 크고 작은 모든 영물들의 어머니로서, 수도 없이 많은 영물들을 낳고 그들의 진화와 생멸을 주도해온 주인공인지도 모른다.

독자들에게 좀 생경할 수도 있는 이번 시집은 그동안 쓴 나의 시들을 되비치어보는 과정에서 생겨난 것으로 일종의 문체연습 같은 것이라고 할 수 있다. 비소를 먹고 사는 그림자 생명체가 있듯이, 낱말이나 이미지를 먹고 자라나는 언어 생명체도 있을 것이다. 나는 그들을 아메바(amoeba)라고 불러본다.

2010년 겨울
최승호

아메바

최승호 시집

일러두기

1. 작품의 앞부분에 작은 활자로 처리된 것은 변형된 이미지들의 원형으로, 인용한 시들의 출처(제목과 수록 시집)는 책의 뒷부분에 밝혀두었다.
2. 시집의 판본은 다음과 같다.
   - 『대설주의보』(민음사, 1983)
   - 『고슴도치의 마을』(문학과지성사, 1985)
   - 『진흙소를 타고』(민음사, 1987)
   - 『세속도시의 즐거움』(세계사, 1990)
   - 『회저의 밤』(세계사, 1993)
   - 『반딧불 보호구역』(뿔, 2009, 개정판)
   - 『눈사람』(세계사, 1996)
   - 『여백』(솔, 1997)
   - 『그로테스크』(민음사, 1999)
   - 『모래인간』(세계사, 2000)
   - 『아무것도 아니면서 모든 것인 나』(열림원, 2003)
   - 『고비』(현대문학, 2007)

차례

A

01 그 오징어

그 오징어 부부는
사랑한다고 말하면서
부둥켜안고 서로 목을 조르는 버릇이 있다

01-1

그 오징어 부부는
싸울 때
서로의 얼굴에 먹칠을 한다

01-2

그 오징어 부부는
다리가 뒤엉킨 채
징하고 징그러운 세월을 살아왔다

01-3

그 오징어는 죽을 때
혼자
다리로 얼굴을 감싸고 울지 모른다

01-4

눈이 축구공만한 초대왕오징어는 길이 9미터의 허무를 끌고 캄캄한 심해의 고요 속을 돌아다닌다, 라고 눈 오는 밤 백지에 쓴다

02 해체되기 위하여

해체되기 위하여 태어난 존재 중에서
게여,
네가 가장 잘생겼다

02-1

먹히기 위하여 태어난 존재 중에서
멍게여,
네가 가장 멍청해 보인다

02-2

왼손엔 포크, 오른손엔 나이프
우리는 어기적거리며 등심을 먹기 시작한다
썰어 먹고 잘라 먹고 베어 먹고 씹어 먹고
다시 왼손엔 나이프, 오른손엔 포크

02-3

해체된 찌꺼기들의 반죽덩어리
똥!
똥 속에 자식을 키우는
아프리카 쇠똥구리 부부는 금슬이 좋다

02-4

멍게여,
솔직히 너희들이 왜 사는지 모르겠다

03 나의 두개골

나의 두개골 안에
불타는 가시덤불의 거센 불길이
느껴지는 이 싱싱한 밤

03-1

밤이면 흐느적거리는 시의 촉수들,
뜨거운 두개골의 창문 밖으로는
오월의 장미넝쿨이 흘러내린다

03-2

장미가 범종(梵鐘)이라면
분홍색 메아리가
지네들의 동굴에도 울려퍼질까

03-3

한 고요를 머금은 수많은 모래알들,
모래밭에 배를 깔고 엎드린
도마뱀 눈 속에 금갈색 태양이 있다

03-4

실크로드에서 죽은 낙타 두개골 이만여 점이
타클라마칸 사막에 전시될 예정이다

04 문자

문자에 스민 그의 피, 그의 숨결, 그의 고통, 때로 얼음의 책 속에서 웃음소리가 들려온다. 그는 아직 얼음 속에 살아 있는 것이다.

04-1

빙산 속의 허연 유령처럼
밖을 내다보는 희미한 얼굴,
얼음의 책의 저자

04-2

마침내 얼음의 책이 북극의 빙벽처럼 녹을 때 문자들은 붕괴되고 일그러지다 아무 흔적 없이 사라질 것이다. 그때 얼음의 책의 저자는 어디에 있는 걸까? 어디에도 머물지 않는 물이 되어 이리저리 흘러다니다 뭉게뭉게 피어오르고 허공을 둥둥 떠다니다 다시 떨어져 세상의 지붕들을 두드리고 대지의 뿌리들을 적시면서 더 낮은 곳으로 스며들지 모른다. 아니면 하늘에서 내려온 다이아몬드들처럼 거미줄에 매달려 반짝거릴 수도 있겠지.

04-3

여울이 책이라면
넘기는 페이지마다 물결,
우리는 물비늘 일렁거리는 페이지에서
은어나 연어 혹은 피라미떼를 만날 수도 있을 것이다
아니면 넘실거리는 페이지 밖으로 뛰어오르는 분홍돌고래들을 만난다고 쓸까

05 유령들

유령들은 잠들지 않는다. 육신이 없으면 잠도 잘 수가 없다. 영원한 불면증.

05-1

닭머리들이 나와서 사료를 쪼아대는 밤이다
불면의 닭눈들을
백열전구들이 밝혀놓는 밤이다
달걀을 낳자, 달걀을 낳자
걀걀걀 걀걀걀
오, 불면으로 살찐 어머니 닭이여!

05-2

스물네 시간 불 밝힌 편의점에서
늦은 밤 펭귄 같은 학원생들이
컵라면 국물을 들이켠다
훌쩍! 훌쩍!

05-3

피 흘리며 싸우는 수탉들의
볏이
로마 군단의 투구처럼 빨갛다

06 우리

우리가 전봇대 밑으로 몰려갔을 때 몽유병자는 턱이 전깃줄에 걸렸는지 공중에 멈춰 있었다. 그러나 그 멈춤도 잠깐이었다. 흘러가는 안개가 물살처럼 그의 하반신을 들어올리자 몽유병자는 마치 물구나무선 사람처럼 머리를 풀어헤치고 두 팔을 땅으로 쭉 뻗은 채 움직이기 시작했고 이번에는 누운 자세가 아니라 엎드린 자세로 다시 안개 속으로 떠내려가고 있었다.

06-1

촉!
꿈에 본 나의 펜촉에
말미잘의 흐느적거리는 촉수들이 달려 있었다

06-2

흐느적거리는 촉수들이 게성운을 향해 뻗어나가는
말미잘의 책상을 상상할 것

06-3

밤마다 텅 빈 성당에 우두커니 앉아 있는
몽유병 처녀를 위해
하나님이 할 수 있는 일은 무엇일까

06-4

익사체의 흐린 눈알은 당구공처럼 늪의 큰 불투명 속으로 굴러가다 사라졌을 것이다

M

07 달빛

달빛 탓이었을까 어느 집 옥상에
검고 둥근 모자를 덮어쓴
뚱뚱한 유령들이 서 있었다

07-1

항아리 뚜껑 같은 모자를 쓰고
어느 집 옥상에
뚱뚱한 외계인들이 서 있었다

07-2

큰 항아리에 송장을 넣어
장사 지내던 사람들이
달빛 속으로 사라진 지도 오래되었다

07-3

달의 변화 아래서 늙어가는
낙타의 긴 눈썹이
희디흰 달빛을 닮아간다

07-4

그 천문학자는 머리에
'멕시코모자 은하'를 쓰고 늙어간다

08 쥐

쥐들이 날아온다
너펄거리는 날개 큰 쥐들이
쥐라기 이전의 까마득한 어둠을 끌고
널찍하게 텅 빈 밤의 하늘을 날아다닌다

08-1

쥐불을 놓자 쥐불을 놓자
쥐들이 뛰쳐나오게 쥐불을 놓자
연기 자욱하게 쥐불을 놓자
불타는 빈 들 위로
재들이 너울너울 날아다니게 쥐불을 놓자

08-2

정월 대보름
짚으로 엮은 사람이 불탈 때,
제웅이 논바닥에 자빠져
연기와 재 흘리고 있을 때,
얼마나 나에게 액운이 없기를 기원했던가

08-3

쥐가오리만한 파도들이 방파제를 덮칠 때
쥐가오리가 연주하는 파이프오르간을 나는 상상한다
바다에서 들려오는
장엄하고 신비로운 파이프오르간 소리

09 우화

우화(羽化)의 길 위에서 통째로 삶아져
나체로, 침묵으로, 움츠린 몸뚱이로
항거하는 번데기 통조림 속의 나비떼, 나비떼!

09-1

주름투성이 번데기 장수 할머니는
언제쯤 우화를 하시려나

09-2

웅크린 번데기를 자세히 보면
아직 펴지지 않은
나비의 발이 납작하게 붙어 있다

09-3

물여우나비들이 물 위를 날아다니는 저물녘
하늘을 높이 가는
채운(彩雲)들의 발걸음이 가볍다

09-4

안데스 산맥의 콘도르 사냥꾼들은 죽은 소를 산에 갖다놓고 콘도르를 기다린다. 그리고 시체를 배불리 먹은 콘도르가 뚱뚱해져서 날지 못하면 얼른 달려가 어리둥절한 콘도르를 붙잡는 것이다.

10 배꼽

배꼽 구멍쯤이 수렁에 잠긴 당신과
목구멍이 수렁에 파묻히는
나, 그다음엔
삼켜진 우리들을 수렁이
물과 진흙으로 주무르기 시작한다

10-1

끈끈한 것들의 목록;
파리잡이끈끈이, 섹스, 순간접착제,
우울, 흡혈문어, 통발,
밥, 끈끈이주걱, 권태, 진흙수렁,
혈연, 거미줄, 오후 세 시의 거머리, 등등

10-2

습지탐사 도중 수렁에 빠진 여대생들이 마침내 119에 의해 구조되었다. 하마터면 수렁에 수직으로 꽂혀 울부짖는 진흙귀신들이 될 뻔했지.

10-3

진흙을 게우는 뚱뚱한 진흙소를 생각해본다. 진흙을 게우면서 점점 앙상해지는 진흙소, 진흙을 다 게우고 나면 아무것도 없는, 진흙소라는 이름조차 붙일 수 없는 진흙소를. 그리고 나는 또 생각해본다. 축축한 생각들을 게우면서 점점 앙상해지는 나, 생각을 다 게우고 나면 뭉개진 진흙소처럼 모습 없는 나를 보게 될까.

11 전생

전생(前生)에 나는 해마였다 아버지의 배주머니 속에서 아버지의 간섭을 받아야 했다 이제 나는 누구의 간섭도 받지 않는다 고래의 너털웃음에 공포를 느끼지 않는다 멍게의 울음에 연민을 느끼지 않는다 온갖 해마적인 감정이 증발하였다 내가 살던 해마의 마을에 평화가 왔는지 알 수가 없다 그물의 그물코가 넓어야 걔네들이 평화롭게 살 텐데…… 새우그물은 얼마나 촘촘하고 튼튼했는지 새우들의 이마뿔이 부러지고 왕새우의 왕초도 구멍 하나 뚫지 못했다 정작 구멍이 뚫린 것은 내 살이다 요즘 나는 계속 해체되는 중이다 하기야 내 살은 바다가 잠시 빌려줬던 것이니까 해체되면서 성하(聖河)의 흐름을 따를 수밖에 없다 자 그럼 절여진 해마는 이만 안녕

11-1

전생에는 영장류
그 전생의 전생에는 양서류
그 전생의 전생의 전생에는 어류
그리고 그 전생의 전생의 전생의 전생에는 아메바
그 전에는 먼지
그 전에는 공왕(空王)
그렇다 나는 전생에 공왕이었다

11-2

어느 날 나는 내 전생이었던 바다사자 한 마리를 데리고
바닷가를 산책할 수도 있을 것이다

11-3

새우젓을 뒤적이다보면 요즘엔 해마가 아니라 죽은 꼴뚜기 새끼가 나온다. 해마들은 모두 은하수 건너 해마좌(海馬座)로 도망간 모양이다.

12 횟집

횟집 수족관 장어들은
고무장갑이 움켜쥘 때마다
죽음에서 미끄러져 나가려고 꿈틀거렸다

12-1

가락동 수산물시장의 장어 껍질 벗기는 사내는
대못에 쿡! 장어대가리를 박아놓고
꿈틀거리는 장어를 쭉쭉 잡아당긴다

대못에 장어 껍질들이 너덜너덜 걸려 있다
그 껍질들이 제법 두툼해지면
사내는 그걸 묶어 던져놓는다, 노끈다발처럼

12-2

우락부락한 우럭 두 마리가
수족관 안에서 격렬하게 치고받고 싸우고 있다
곧 죽을 텐데 죽도록 싸우다니!
하긴 멍하게 있다가 멍하니 죽는 꼴도 우습다

12-3

어느 날 나는 동물원의 인어(人魚)들에게
과자를 던져줄 수도 있는 것일까

13 제 머리

제 머리를 끊어
구르는 두개골로 축구를 하며
'나는 이제 죽음에서 해방되었노라'고 외치면서
머리 없이 광장을 가로지르는
광인을 상상해보셨는지

13-1

머리 없는 광인 하나가
제 두개골을 옆구리에 끼고 광장을 가로지를 때
머리 없는 광인 둘은
두개골을 가슴에 안고 벤치에서 노래를 하고
머리 없는 광인 셋이
두개골들을 모아놓고 회의를 할 때
머리 없는 광인 넷은 서로 두개골이 바뀌었다고
멱살을 잡고 싸운다네

13-2

광장이 불길한 이유;
광장에는 다양한 유령들이 아니라
획일화된 유령들이 모여서
하나의 큰 소리로 울부짖는다

13-3

머리 없이 뛰어다니는 축구 선수는 없다
축구 선수도 머리가 있어야 한다

14 붕괴

붕괴된 백화점
철거되지 않은 거대한 벽면이
폐허 위에 기우뚱하게 서 있던 것과
전봇대를 삼키듯 휘감아버렸던 나팔꽃덩굴을 너는 기억한다

14-1

만약 내가 담쟁이덩굴이었다면 담장 아래 캄캄한 뿌리를 박고 벽을 기어올라가야 했을 것이다. 천 개의 손으로 담장 벽을 짚으며 나는 올라가도 올라가도 벽뿐인 벽을 더듬거려야 하지 않았을까. 만약 내가 담쟁이덩굴이었다면 벽을 기어오른 다음에는 수많은 손들로 허공을 더듬거렸을 것이다. 그리고 더듬거리던 여름이 지나 아무것도 거머쥐지 못한 가을이 오면 바람 속으로 우수수 떨어지는 붉은 손들을 너그럽게 받아주는 커다란 손—무한으로 펼쳐진 손—이 있다고 믿었을까.

14-2

불립문자(不立文字)라는 붕괴된 벽에
누가 언어의 사다리를 걸어놓고 기어오를 것인가

14-3

아침의 트럼펫처럼
나팔꽃이 피어 있는 여름
코흘리개 아이들이 가방을 메고 학교로 간다
그리고 나팔꽃 피고 지는 여름이 지나
아이들은 금세 노인이 된다

0

15 그믐

그믐이다 허공은 아직 나를 통째로
집어삼키지 않았다
항아리에 머리를 거꾸로 박고 울부짖는 인간을
항아리가 선뜻 잡아먹지 않는 것처럼

15-1

빈 항아리 속에서
귀뚜라미 한 마리 울고 있다
뚜껑을 덮으면
울음소리가 더 크게 들리려나

15-2

항아리 속에 숨은 꼬마 눈사람을 찾느라
밤새도록 키 큰 눈사람들이 마을을 돌아다닌다

15-3

천둥의 흰 눈썹들처럼
떨어지는 밤의 눈송이들
새벽에는 발자국 없는 희디흰 눈밭을 보게 될까

15-4

눈사람이야말로 신령스러운 고요가 펄펄 살아 있는 사람이다

16 밤

밤이다 창밖에 범눈의 밤이 파도친다
꿈이 꿈길을 가는 것이
표적들이 창을 향해 나아가는 것과 다름없다

16-1

지금은 죽기에는 너무 추운 겨울
꼬챙이에 꿰인 노가리들조차
입이 삐뚤어진 채 울부짖는 듯하다

16-2

죽음이 우리를 마중 나올 때
어떤 인사를 해야 하는 것일까
—안녕하십니까. 오랜만이네요.
그런 인사도 없이 그냥
죽음과 악수를 하고 포옹을 한다?

16-3

조물옹이 제 꿈속의 허공에
별들을 수놓는 겨울밤
산개구리는 입이 얼어붙은 채
꿈 없는 잠을 자고 있는 것일까

17 그동안

그동안 시는 나의 돛이자 덫이었다. 시가 부풀어 나를 설레게 했고 사해(死海)를 항해하게 했으며 닻 내릴 곳은 없다는 것을, 그리하여 어디에도 머물지 않는 글쓰기가 가능하도록 일깨워주었다.

17-1

사막으로 변해버린 아랄 해를
말 탄 남자가 지나간다

17-2

흙구덩이 속에서 서로를 껴안고 누워 있던 한 쌍의 유골이 발굴되면서 이야기의 범선들이 돛을 올리고 항해를 시작한다

17-3

두 마리 새를 한꺼번에 잡는
덫—결혼이
덫이고 닻이며 돛인가?

17-4

절망의 닻을 끌어올리는 익살스런 농담들
유머가 돛이다

18 과일바구니

과일바구니 속의 악몽이란 빈 과일바구니를 한없이 뜯어먹는 벌레꿈 같은 인생을 말한다

18-1

지구덩어리만한 사과를 갉아먹는
벌레들을 생각할 것

한반도만한 나뭇잎을 뜯어먹는
벌레들을 생각할 것

18-2

앵무새의 악몽이란
새장을 뜯어먹고 또 뜯어먹어도
새장 속에 갇혀 있는 자신을 발견하는 것이다

18-3

낙타들의 악몽이란
코뚜레를 우적우적 씹어먹어도
코뚜레가 찌르고 있는 코를 다시 발견하는 것이다

18-4

굴비들은 죽어서도 악몽을 꾸는 것 같다
입을 벌린 채 비명을 지르면서

19 우리는

우리는 거대한 증발접시 안에서 속이 타는 물방울 같은 존재들인지 모른다

19-1

우리가 바람이 되어
다시 만날 때
서로 얼굴을 알아볼 수 있는 것일까

19-2

우리가 노을이 되어
다시 만날 때
서로의 붉은 뺨을 어루만질 수 있는 것일까

19-3

지, 수, 화, 풍, 공,
우리는 흩어지고 다시 뭉쳐지면서
재활용되는
윤회의 4원소, 혹은 5원소들이다

19-4

우리는 먼지들의 러시아워 속에 붐비는 먼지 같은 존재들이다

E

20 죽어서

죽어서 하루 더 손때 묻고
터무니없이 하루 더 기다리는
북어들,
북어들의 일 개 분대가
나란히 꼬챙이에 꿰어져 있었다

20-1

무슨 말을 해도 해골들은 삐치지 않아
해골들은 늘 활짝 웃어
사방으로 혀를 내미는 꽃들처럼

20-2

해골무늬 치마를 펄럭이면서
안데스 산맥에서 춤을 추는 산골 아가씨
페루의 악사들은 신이 나서
피리를 불고 북을 친다

20-3

술 덜 깬 아침에 먹는
얼큰한 북어국,

북어국(北魚國)에서는
부서진 콩나물 대가리들이 노래를 하고
등 굽은 새우들이 꼽추춤을 춘다

21 어느 날

어느 날 눈썹도 코도 입도 다 버리고
다시 하늘로 돌아가는 눈사람들의 봄날이 있다

21-1

꿈틀거리는 용의 숨결처럼
아지랑이들이 날아오르는 봄날
두엄 속에 웅크린
지렁이〔地龍子〕 한 마리

21-2

만발한 뭉게구름 속에서
눈사람들이 뭐라고 뭐라고 속삭인다

21-3

사라진 눈사람들이 모두 부활해
북극의 대성당에서
성가를 부른다면 장엄하리라

21-4

어느 날 나는
공겁(空劫) 밖의 사람이다

22 팔려가는 쇠고기

팔려가는 쇠고기 한 근의 죽음
저울 바늘은 영에서 시작되어
흔들리다가
다시 영으로 돌아간다

22-1

어느 날 나는 몸무게가
제로인 사람
뱃살도 제로
근육도 제로
주름도 제로

22-2

0 빼기 0은 0인 것처럼
내가 얻을 것도 잃을 것도 없는 허공의 한복판에서
제로의 메아리처럼
구제역(口蹄疫)으로 죽은 소 1000000마리가 울고 있다

22-3

오래가는 푸줏간도 없고 영원한 정육점도 없다
손톱에 봉숭아 꽃물을 들이던 소녀들은
인자한 할머니가 되었다가
다시 수줍은 무로 돌아갈 것이다

23 언젠가는

언젠가는 나 없는 버스정거장에
키 큰 바다풀이 서 있으리

23-1

언젠가는 나 없는 지하철역에
펭귄들이 서 있을까

23-2

언젠가는 나 없는 지하철역에서 누군가가 열차를 기다리고 있을 것이다. 나처럼 바지를 입고 나처럼 구두를 신고 나처럼 가방을 든 채 말이다. 오래전에 발굴된 직립인간의 동작을 흉내 내듯이 그는 두 팔을 앞뒤로 흔들고 두 발을 번갈아 내밀면서 계단을 내려와 둥근 시계를 쳐다볼지도 모르겠다. 아홉 시, 얼마나 많은 아홉 시들이 있었던가. 날마다 달마다 해마다 아홉 시들이 있었고 아홉 시에 굴러가는 바퀴들과 아홉 시에 사라지는 날개들이 있었다. 언젠가 나는 부재지만 당신도 부재고 불어나는 인류 전체가 부재다. 지하철역의 큰 거울 앞에 서서 부재를 기념하는 독사진을 한 장 박아둘 것.

23-3

수족관 풀 뒤에 숨어 있는 해마를 보면
해마는 소심하고 수줍고 우울한 것 같다
수족관에서 죽을 때까지 살아야 하는 해마의 외로움을
바닷속 해마들은 짐작이나 하고 있을는지

24 침묵

침묵의 밤으로 나 돌아가리라
재의 입술이 떨어지는
흙의 밤 속으로

24-1

말이 끊어지고 생각이 끊어지는
침묵의 밤으로 나 돌아가리라
허공이 내 입술인 가없는 밤으로

24-2

한여름 벽제 화장터에
재의 눈보라가 휘몰아친다

24-3

뻘을 기어다니는 갯지네에게 동그란 입술이 있을 것이다. 고무줄처럼 늘어났다 오그라드는 입술, 흘러드는 흙, 흙, 흙, 개흙똥을 밀어내고 또 밀어내는 갯지네의 앞에 나이를 알 수 없는 개흙의 침묵, 세월에 무심한 뻘의 침묵, 시간의 두께를 알 수 없는 대륙붕의 침묵이 있을 것이다.

24-4

해마다 대관령에서
큰 무들이 솟아오른다

25 나는 간빙기의 인간

나는 간빙기(間氷期)의 인간이라고 한다. 거대한 얼음의 시간과 얼음의 시간 사이에 살고 있다는 것이다. 크로마뇽인들은 빙하기에도 살아남았다 한다. 대단한 사람들이다. 하지만 다 죽었다.

25-1

나는 지구온난화 시대의 인간이다. 북극의 얼음이 녹고 해수면이 높아지는 불길한 별에 살고 있는 것이다. 마당으로 부엌으로 밀려들어오는 바다, 투발루 사람들은 섬을 떠났다. 하지만 다시 고향으로 돌아가지 못할 것이다.

25-2

냉장고 문이 열리면서
북극곰들이 걸어나오는 일은 없는 것일까
냉장고 문이 닫히면서
남극의 펭귄들이 문을 두드리는 일은 없는 것일까

25-3

온몸이 눈송이뿐인 새를 설붕(雪鵬)이라고 하자. 설붕은 무척 크다. 우리가 한 조각 파도라면 설붕은 해일이요 우리가 한 송이 눈이라면 설붕은 거대한 눈보라다. 이런 설붕도 지구온난화에는 미쳐버려서 머리가 비틀린 새처럼 뒤집힌 채 날아다니며 지구 곳곳에 기상이변을 일으킨다.

26 이제는 미라

이제는 미라라고 하나. 미이라는 벌써 옛말인가. 미이라를 미라가 밀어버렸다. 나이 어린 미라가 늙은 미이라를 쫓아버렸다.

26-1

쫓겨난 미이라
미이라는 이제 어디로 가나?
갈 곳 없는 미이라
국어사전 밖에 우두커니 서 있는 미이라

26-2

바람에 물어뜯긴 허수아비처럼
너덜너덜하지만 그래도 그런 미라라도 발굴하는 것
고고학자들의 희망

26-3

거울 속에서 거울 속으로 행진하는 미라들의 군단에 왕이 없다. 투구도 없고 창도 없고 근육도 없다. 승리의 함성도 없고 영웅도 없고 눈구멍이 있어도 더 나올 눈물이 없다. 모두가 시간의 패잔병들로서, 검은 이빨로 모래와 돌조각을 씹고 있을 뿐.

26-4

미라들이 행진하는 패션쇼에서
드레스 화려한 마네킹들이 손뼉을 친다

27 싸락눈

싸락눈 내리는
겨울 저녁에
생각나는 말아,
이제는 너 없는 마사 지붕에
건조한 사료 쏟아지는 소리로
눈이 내리는가

27-1

동물원에서 도망친 말레이 곰 '꼬마'가 돌아오지 않는다. 가출인지 출가인지 청계산으로 올라갔다는데 청계산은 지금 겨울, 눈이 내리고 '꼬마'는 이제 집도 없고 절도 없다. 산속에서 며칠을 굶은 것인지, 굶어 죽은 것은 아닌지. '꼬마'야 어서 돌아오렴. 사육사들이 널 기다린단다.

27-2

눈보라 치는 겨울 저녁에
아무르 표범을 생각한다
매화무늬 가죽 아무르 표범
가죽이 너무 아름다워 가죽이 벗겨진 채
내던져진 알몸뚱이 아무르 표범
눈 위에 피 흘리는 아무르 표범
눈보라에 뒤덮이는 아무르 표범

27-3

석유를 먹자 석유를 먹자
말죽거리 주유소에서
뺀질뺀질한 자동차들이 석유를 먹고 있다

28 8미터

8미터짜리 누에가 잠원역에는 있다. 타일들로 짜맞춘 누에, 지하철이 잠원역을 지나갈 때마다 거대한 누에는 타일벽에 붙어 머리를 든 채 잠을 자고 또 잠을 잔다. 저 누에가 잠을 깨면 길이 12미터짜리 나비가 될 것이다.

28-1

지하철이 우화하려면
백 년쯤 컴컴한 땅속에 웅크린 채
번데기 시절을 보내야 할 것이다

28-2

8미터짜리 비단구렁이는 대대로 전해져온 슬픔을 질질 끌면서 기어다닌다. 존재의 이유 같은 건 사족으로 여기면서 단지 잘 먹고 오래 살기 위해 혀를 날름거리는 비단구렁이는 지금 통째로 삼킨 악어를 소화시키는 중이다. 며칠 지나면 아마 뱃속의 악어가 다 녹아서 비단구렁이는 더 정력적이고 우아한 비단구렁이로 변해 있을 것이다.

28-3

선녀봉에
똥 싸고 간 놈이 누구지?

29 북어

북어는 허공을 물어뜯을 듯 아가리가 벌어져 있다. 몸통은 없다. 말라붙은 눈이 있던 자리엔 구멍이 났다. 그 구멍엔 이젠 허공눈알이 들어앉았다. 참 맑은 눈알들, 시력은 제로, 시선은 무한(無限).

29-1

눈구멍은 신기해, 보는 놈이 있잖아
입구멍은 신기해, 웃는 놈이 있잖아
귓구멍은 신기해, 듣는 놈이 있잖아
콧구멍은 신기해, 허공이 들락날락하잖아

29-2

북어대가리의 표정은 절규 아니면 분노, 절망 아니면 허망함이다. 크게 벌어진 입에서는 한숨도 울부짖음도 나오지 않고, 텅 빈 눈에서는 눈물도 나오지 않는다. 대체 무엇이 빠져나갔기에 북어대가리는 저토록 무력해져서 허공 한 토막처럼 움직이지조차 않는 것일까.

29-3

입도 없이 분다
손도 없이 분다
악보도 없이 지휘자도 없이
휘이 휘이 우우우 웅웅웅
갯바위 구멍에
바람 분다

30 대도시

대도시에서 사라진 그의 궤적을 잔뜩 축소시키면 꼬불꼬불 뒤엉켜 딱딱한 라면 한 덩어리 같을 것이다.

30-1

끝없는 물질들의 증식으로 꿈틀거리는 대도시는 괴물 같다. 눈이 천 개인 괴물, 아가리가 만 개인 괴물, 사방으로 터져나오는 쓰레기는 물신(物神)의 배설물처럼 어마어마한 악취를 풍긴다.

30-2

우울증을 앓다 대도시에서 사라진 그녀의 우울을 잔뜩 축소시키면 쥐며느리 같지 않을까.

30-3

쓰레기 국물을 흘리며 돌아다니는 청소차 뒤에 두 남자가 붙어 있다. 눈앞에는 오물, 코에는 악취, 귀에는 소음, 지옥이 따로 없다. 고양이들이 먹을 만한 쓰레기를 찾아서 큰 쥐들처럼 발걸음을 옮기는 새벽.

30-4

그는 결국 망자(亡者)가 되어 미로들로 가득한 미궁 같은 도시를 빠져나간다. 그의 영정을 달무리처럼 둘러쌌던 꽃들이 이제는 조화 썩는 조화폐기소에서 청소차를 기다리고 있다.

31 어느 여행객

어느 여행객에게 수의를 입히고
먼 길을 떠나는지 모르겠으나
느린 장의차에서는 벌써
흰 구름 냄새가 피어오른다

31-1

잠옷이든 속옷이든 외투든 수의든
옷들은 본래 우스꽝스러운 것이다

31-2

거지처럼 누덕누덕 기운 성의(聖衣)야말로
낮은 자의 성의가 아니겠는가

31-3

값을 매길 수 없는 아름다운 옷을 입고
벌새는 날아다닌다
꽃들이 나눠주는 꿀을 먹는 향기로운 새
아스텍 사람들은 죽은 전사들이
벌새로 환생한다고 믿고 있다

31-4

내가 들길의 나그네인 적이 있었던가
남도의 대숲에서 지저귀던 해질녘 개개비 소리
개개개 개개개 개개개

32 언젠가 낙타가

언젠가 낙타가 죽으면
죽었다고 말하지 말고
낙타가 태어나기 전의 달빛 속으로 들어갔다고
말해주기 바란다

32-1

쌍봉낙타 한 마리 옆으로 누워
입적하셨네
고요 한 덩어리가
사막의 큰 고요 속에 드러누웠네

32-2

낙타 뼈는 시간이 갈수록 하얗습니다
낮이면 햇빛을 반사하며 하얗습니다
밤이면 달빛을 반사하며 하얗습니다

32-3

언젠가 내가 죽으면
죽었다고 말하지 말고
태어나기 전의 달빛 속으로 산보를 나갔다고
말해주기 바란다

B

33 피

피가 뚝뚝 떨어지는 황소의 두개골을
늙은 백정이 강물에 헹구듯이 나의 피가
어쩔 수 없는 흐름을 따라 흘러가는 것을

33-1

머리 없는 투우들이 달려나와
투우사 앞에 뜨거운 피를 쏟는다

33-2

취소의 생일에
취소의 해와 달이 태어나고
취소의 기일에
취소의 해와 달이 죽는다네

33-3

도살장 지붕 위의 까마귀들이여
쓰러진 황소를
태양의 뿔 위로 번쩍 들어올려라

34 내가 빚어지기 전

내가 빚어지기 전의 어느 때
어떤 공간에 대해서도
나는 아는 바가 없다

34-1

자벌레는 자가 없어서
하루가 얼마나 긴지를 모른다

34-2

태어나기 전에 나는 숫자라는 걸 몰랐을 것이다. 0, 1, 2, 3, 4…… 그런 게 도대체 나와 무슨 상관이란 말인가. 그렇지만 1954년 이후, 9, 2, 1, 14, 26, 5 같은 숫자들이 나에게 붙어다니고 그런 숫자들 속에서 나는 걸어가고 앉고 일하고 잠든다. 지네를 움직이는 지네의 다리들처럼 숫자들은 나를 움직이고 끌고다니다 언젠가는 가차 없이 버릴 것이다. 숫자의 희생자, 엄청난 숫자를 뒤집어쓰고 죽는 자들의 우스꽝스러운 최후.

34-3

태어나기 전처럼
죽은 뒤에
나는 아무것도 모르게 될 것이다

35 나는 결코 미라가 되지는 않을 것

나는 결코 미라가 되지는 않을 것이다
그러나 오징어는
단백질이 풍부한 미라가 되어
시끄러운 시장이나 식료품가게에 진열된다

35-1

나는 결코 뚱뚱한 미라가 되지는 않을 것이다
그렇다고 앙상한 미라가 되려는 것도 아니다

35-2

바다의 모든 게 나오는
건어물 시장에서는 어쩌면 나중에
말린 인어 같은 것도 팔게 되지 않을까

35-3

고래박물관에는 긴수염고래의 묘비가 없소
수평선에도 긴수염고래의 묘비가 없고
적도에도 긴수염고래의 묘비는 없소
북회귀선에도 남회귀선에도 긴수염고래의 묘비는 없소
날짜변경선에도 긴수염고래의 묘비가 없다고 하니
도대체 어디에 긴수염고래의 묘비를 세워야 하는 것이오

36 연중강우량 1mm

연중강우량 1mm
아이쿠 사막에선
모래에 뿌리 박은
가시 돋친 혀들이 선인장처럼 자라면서
뚱그런 철퇴 모양 번쩍이는 해 아래 이글거린다

36-1

아이쿠 사막에선
태어날 때도 아이쿠!
죽을 때도 아이쿠!

36-2

모래고양이의 뼈는 결국 모래가 될 것이다. 마른 모래, 폭풍에 회오리치는 모래, 쪼개지고 잘게 쪼개지는 모래고양이의 뼈는 사막의 하늘을 떠다니다가 다시 사하라 사막에 떨어질 것이다. 고운 모래, 보드라운 모래, 거기 찍히는 전갈의 발자국, 모래고양이의 발자국, 혹은 사막여우의 발자국.

36-3

내 눈물의 연중강우량은
1mm도 되지 않는 것 같다
안구건조증의 사막에
북어 같은 눈들이 있다

37 갉아먹힌 문자

갉아먹힌 문자는 늘 다른 걸 가리켰다. 어느 흐린 날 저녁에 쓴 「소」는 엉뚱하게도 「손」을 가리켰다. 그리고 어느 비 오는 밤에 쓴 「고흐」는 귀가 잘려나간 「교회」를 가리켰다.

37-1

오래전에 사라진 수메르 문명,
누군가 물렁한 점토에
갈대펜으로
최초의 문자를 새기고 있다

37-2

누군가 내게 턱으로 실상사 가는 길을 가리킨다. 물론 길은 삽으로 가리킬 수도 있고 큰 무나 호미, 또는 발이나 지팡이로 가리킬 수도 있다. 땅끝으로 가는 길, 북극으로 가는 길, 또는 북두(北斗)로 가는 길을.

37-3

이것이 대체 무엇인가?
칼끝으로 피를 찍어 만든
유목민의 난해한 문자를
돋보기를 쓴 늙은 염소들이 들여다본다

38 방황

방황에 필요한 사나운 바람, 숨죽였던 낮의 광기를 터뜨리며 울부짖고 외치고 그러다 죽어도 좋다면 폭주족은 질주해야 한다. 떼를 지어 몰려다니며 사막의 늑대들처럼 마구 울부짖어야 한다. 그럴려면 오토바이가 있어야 한다.

38-1

호숫가의 왕국 누란(樓蘭)이 멸망한 뒤에, 오랜 세월 사막을 방황하다 사라진 호수가 있었다.

38-2

느닷없이 누런 흙먼지를 일으키며 오토바이가 달려오고 있었다. 헛것인가, 사막의 도적인가. 점점 가까이 다가오던 오토바이는 빠르게 우리 곁을 지나갔다. 그는 왜 고비 사막 한복판을 혼자 달리고 있었을까. 사막에서 방황하는 자인가? 황금을 찾는 자인가? 그는 아무 관심 없다는 듯 우리를 뒤로하고 다시 누런 흙먼지 속으로 사라져갔다.

38-3

한 남자가 방에서 자전거를 탄다
바퀴 없는 자전거
가지 않는 자전거
페달을 힘차게 돌린다
근육을 만들기 위해

39 문법

"문법을 잘 지켜라. 제군들 그 누구도 문법으로부터 자유로울 수는 없다. 비유하자면 문법은 형무소장이요 너희들은 죄수들인 것이다." 유언은 아니었지만 그분은 그런 말씀을 남겼다.

39-1

비유하자면 문법은 새장이요
언어는 새장 속에서 지저귀는 새들인 것이다

39-2

그러나 때로 낱말들이란
변신로봇의 부품 같은 존재들이다

39-3

이름 없는 별 몇 개를
처녀좌라는 이름으로 묶어놓은 뒤부터
처녀좌의 별들이 처녀성을 잃은 것 같다

39-4

이름 붙일 수 없는 것에
잔뜩 붙여놓은 이름들이
허공에 미끄러지듯 떨어진다

0

40 벽

벽에 머리를 대고
혼자서 가만히 우는 아이가 있다

40-1

꿈이다. 절벽을 올라가는데 바위굴에서 문둥이들이 기어나와 나를 내려다본다. 눈이 네 개인 강아지도 나와서 나를 쳐다본다. 아니, 우리 강아지 거울이가 왜 눈이 네 개가 됐지? 이거 꿈 아냐? 순간 꿈에서 깨어난다.

40-2

절벽에서 돋아난
마애불(磨崖佛)의 얼굴을
지우개도 없이 지우는 것은 바람이다

40-3

까마득한 절벽에서 뛰어내리는 독수리처럼
허공에 놓아지는 영혼의 이름
무의자(無依子)

40-4

신천옹(信天翁)을 '하늘을 믿는 늙은이'라고 불러본다. 하늘을 믿는다는 것은 그 무엇에도 의지하지 않는다는 것.

41 나비

나비처럼 소풍 가고 싶다

그렇게 시를 쓰는 아이와 평화로운 사람은 소풍을 가고

41-1

시냇가에서 나란히 물을 마시는
사향제비나비
다리가 너무 가늘다

41-2

나비의 다리는 천사처럼 가늘어야 하고
천사의 다리는 나비처럼 가늘어야 한다

41-3

곤충채집상자
나비 등마다 바늘이 꽂혀 있다
아름다움으로 일찍 잠든
나비들이여

41-4

들신선나비들은
산으로 들로 너울너울 날아다니며
숨은 보물을 찾느라 꽃들을 뒤지지

42 변기

변기가 차니 서울의 가을인가

42-1

변비에 걸린 사람은
변기들을 두려워한다

42-2

코뿔소 다리 같은 남자용 변기들을
걸레로 닦는 것은 늘 여자들이다

42-3

소라껍질은 아마
소라의 욕실이었을 것이다
수줍은 알몸의 소라가 혼자 목욕을 하고 변을 보는
욕실이자 침실이고 부엌 아니었을까

42-4

소나기 지나간다
공터에 버려진 변기에 걸터앉아서
공왕님이 무지개를 바라보신다

43 살

살이 얼마나 질긴지
때밀이수건에 먼저 구멍이 났다

43-1

성욕이 얼마나 질긴지
악어는 죽일 수 있어도 성욕은 죽일 수 없다

43-2

속세의 때와 함께 죽기 위하여
성스러운 비누들이 거품을 일으킨다

43-3

드넓은 때밀이수건처럼
펼쳐진 사막이
묵은 때 많은 영혼들을 기다린다

43-4

뜨거운 무의 목욕탕
거기 들어앉았다 나온 사람은 사람이 아니다

44 벌어진 손의 상처

벌어진 손의 상처를
몸이 자연스럽게 꿰매고 있다.
금실도 금바늘도 안 보이지만
상처를 밤낮없이 튼튼하게 꿰매고 있는
이 몸의 신비,
혹은 사랑.

44-1

돌돌 말린 까르마는
끈질긴 흉터인 배꼽처럼
우리가 죽어야 풀리게 될 것이다

44-2

실잠자리 몸에 바느질한 자국이 없다

44-3

이어지고 또 이어져온 시간의 실 위에 앉아 있는 노랑실잠자리, 끝 빨간실잠자리, 넓적다리실잠자리, 그 뒤에는 눈부신 띄약볕

44-4

노을이 붕대처럼 상처를 감싸는 저녁이 온다
다이아몬드에는 피를 흘릴 내면이 없다

45 첫 몽정

첫 몽정이야말로 물비린내 나는 물안개가 몸에서도 피어난다는 것을 일깨워주는 최초의 자명종 소리이다.

45-1

첫 몽정으로 소년은
무슨 범죄를 저지른 것처럼 찜찜해진다

45-2

몽정을 한 뒤로 소년은
자신의 몸속에
밤나무숲이 있다는 것을 알게 된다

45-3

몽정, 무(無)의 유희
여자는 있지도 않았습니다
섹스는 한 적이 전혀 없지요

45-4

헛것이 위대한 것은
우리를 완전히 속이는 마술사처럼
죽은 뒤에도 우리를 속인다는 것이다

46 관능

관능을 풍기며 한 여자가 야시장으로 걸어간다
제 가죽을 팔러 가는
표범처럼

46-1

밤비늘무늬 스타킹을 신고
한 여자가 비단구렁이처럼 네온사인 밑을 지나간다

46-2

'모피를 입느니 발가벗겠다'
알몸의 처녀들이 추위 속에서 시위를 한다

46-3

똬리를 튼 먹구렁이 같은 순대에서 무럭무럭 김이 나는 겨울, 그 할머니는 야시장 골목에서 순대와 오뎅과 떡볶이를 팔다 돌아가셨다. 어느 날 갑자기 또 가난이 찾아온 것이다.

46-4

프란체스코 성인이 알몸으로 죽었듯이
눈사람 형제들은 알몸으로 죽는다

Z

47 끈적한 죽음

끈적한 죽음의 그물 속에서
어기적거리며 늙어가는 검정거미

47-1

거미의 하루는
배고픔
기다림
지루함
외로움

47-2

누군가 황량한 바닷가에서 찢어진 그물을 깁고 있다

47-3

왕거미의 하루는
신하도 없고 궁녀도 없고 밥도 없다

47-4

거미줄 없이 깡충거리는 생은 가볍다
꽃파리들을 잡아먹느라
깡충거미는 이 꽃에서 저 꽃으로 건너뛴다

48 그 눈

그 눈 쌓인 태백산맥 한 기슭 산간마을을
나는 탈옥자처럼 서둘러 떠나버렸다

내 영혼 유적지(流謫地)의 유적(幽寂)에
익숙하지 못했기 때문에

48-1

백두산에는
벼룩이울타리라는 풀이 있답니다
벼룩이울타리에 둘러싸인 벼룩의
고독을 생각하면
"외로운 산봉우리에 외발로 서 있다"는
옛 산승(山僧)의 글이 떠오릅니다

48-2

암자의 고드름들이 뾰족하다
적막을 찌르며 내려가는
흰 이빨들처럼

48-3

만년설(萬年雪)이 녹아내리는 한여름
들끓는 벼룩들을 털어내려고
뒷발로 머리를 긁어대는 암자의 개,
개가 일어나면 쇠사슬도 벌떡 일어난다

49 한낮의 골목

한낮의 골목 텅
텅
빈 골목을 꾸부정하니
지팡이를 짚은 늙은 고독이 지나간다

49-1

늦은 밤의 골목
술꾼이 망아의 경지에 이르러
전봇대에 절하듯 구토를 한다

49-2

골목, 골목, 골목들이 점점 사라져간다
사막에는 골목이 없다

49-3

텅 빈 골목으로
길 잃은 낙타 한 마리 두리번거리며 지나간다면
서로 눈이 높은 유리창에서 마주칠 수도 있으리

49-4

한때 증기기관차가 지나가던 골목에 이제는 녹슨 철길이 뻗어 있고
부글부글 막풀들이 막 자라나 있다

50 등

등잔불 가물거리고
흙벽에 나의 구부러진 그림자는 너펄거린다

50-1

어두운 내면에
등불이 켜질 때
그 내면은 그로테스크한 벽화 같지 않을까

50-2

지옥도를 그린 화가의 내면에
완성되지 않은 온갖 지옥도가 펼쳐져 있다

50-3

등잔불 가물거리던 흙벽돌집에
얽혀 있던 구렁이 그림자,
등나무 보면 지금도 그 구렁이 그림자 꿈틀댄다

50-4

마니산
전등사에
등이 켜진다
마니구슬 속의 풍경처럼

51 늙은 말

늙은 말잠자리의 고독은, 아마 당신이 말잠자리가 되어 날아다녀봐야 알 수 있으리

51-1

불안에 쫓기는 말들은
마리노 마리니(MARINO MARINI) 할아버지의 마구간으로
달려가려고 한다

51-2

할아버지는 이제 많이 늙으셨고 손수레를 끌기에도 힘이 모자라신다. 그래도 돈을 벌어야 살고 살려면 폐지라도 열심히 모아야 한다. 라면 박스, 마분지 봉투, 버려진 책, 신문지 등등, 종이쓰레기 수북한 손수레를 끌며 할아버지는 오늘도 동네를 돌아다닌다. 귀가 어두운 나귀처럼 이 골목 저 골목을 두리번거리면서.

51-3

눈표범의 고독은
아마 당신이 히말라야의 눈표범이 되어봐야 알 수 있으리

52 소금

소금창고 안으로 얼굴을 들이밀었을 때, 당신을 소금도둑처럼 내쫓는 것은 쓰러져가는 창고를 지켜온 거미.

52-1

문도 없는 들판을 지키던 허수아비는
멋쩍은 웃음을 웃는다
허허 쨱쨱
참새들은 허수아비 머리에 앉아 똥을 싼다

52-2

유령인구들로 득실거리다
쇠망한 유령도시에
카지노 불빛이 번쩍번쩍한다

52-3

바닷물이 다 증발해버린 바다
해저산맥 소금산 봉우리에 착륙한
외계인

52-4

소금의 눈보라가 몰려오는 시화호 앞에서
새만금 앞에서 나는 아무런 할 말이 없다

53 그러나 어두운 영혼

그러나 어두운 영혼은 죽은 전봇대 꼭대기에 홀로 올라앉아 올빼미처럼 밤을 둘러볼 수도 있을 것이다

53-1

살이 그리운 영혼은
저승의 강가에
푸른 등을 켜놓고
이승에서 부른 노래를 부를 수도 있지 않을까

53-2

더이상 어두워질 수 없는 그믐의 영혼은
스스로 빛을 뿜게 될 것이다
발광해파리처럼

53-3

이빨 삐죽삐죽한 귀신고기들이 뜯어먹다 남긴
대왕고래의 뼈,

캄캄한 해저에 거대한 고독이 누워 있다

0

54 상표

상표가 화려한 통조림
국물에 잠겨 있는 통 속의 송장덩어리,
웬만한 양념으로는 이미
이 맛은 변치 않는 삶은 송장 맛이 아닐는지

54-1

통조림 뚜껑을 따니
지느러미 없는 꽁치들이 빽빽하게 들어 있다

54-2

디오게네스를
통 속에서 끌어낼 수 있는 사람은
디오게네스가 아니었을까

54-3

얼굴이 상표인
통조림 같은 사람들이 존재한다
그들은 점점 큰 상표를 펼쳐 보인다

54-4

정말 큰 아코디언의 주름은 무한대로 펼쳐져 있다
그걸 연주하려면
무한을 감싸안는 긴 팔이 있어야 할 것이다

55 죽어서는

죽어서는 털 난 바가지 모양 누워
부패에 절여진 뱃가죽을 뻔뻔스럽게 드러내는
쥐며느리

55-1

등 굽은 노파처럼 부뚜막을 뻘뻘 기어다니던
음울한 부엌데기
쥐며느리는 쥐회색
쥐며느리 시체도 쥐회색

55-2

며느리밑씻개풀로는 그 어떤 며느리도 밑을 닦을 수가 없다는 것을 이 나라 시어머니들은 잘 알고 있었음에도 불구하고 왜 며느리밑씻개풀이라는 이름을 붙인 것일까. 며느리밑씻개풀로 밑을 닦는다는 것은 사포로 밑을 문지르는 것과 다름없다.

55-3

며느리밥풀꽃 뒤에서
배고픈 며느리들의 얼굴이 어른거린다

55-4

뜨물처럼 흘러간 며느리들의 세월 저편에서
박꽃이 피고 박쥐가 날고
텅 빈 바가지 긁는 소리가 들려온다

56 고무호스

고무호스가
창녀의 방광에서 뻗은 요도(尿道)처럼
물통에 매달려 종이컵에 뜨신 물 붓는
자동판매기에 바퀴벌레 일가(一家)가 산다

56-1

종이컵, 종이컵, 종이컵들 위에 떠 있는
재활용 달!

56-2

어제의 몸뚱이를
오늘 또 나는 재활용한다

56-3

현대인들의 오아시스—자동판매기,
그 앞에 목마르게 서 있는 낙타 행렬에 끼어서
싸구려 종이커피를 기다리는 오후 세 시

56-4

제 뱃속의 물주머니를 꺼내 시장에 내놓는 낙타처럼
세상은 연명한다

57 석탄

석탄을 적재한 무개화차들이 굴러가는 철길 너머에 저탄장이 있다. 거대한 재의 무덤, 바람에 석탄 가루들이 일어난다. 그것은 흩어진다. 그것은 바람에 불려 간다.

57-1

얼마나 많은 사람들이 연탄가스를 먹고 죽었나
19공탄 가스를 먹고 죽은 자
22공탄 가스를 먹고 죽은 자
오늘도 연탄들이 비탈길 달동네로 올라간다

57-2

겨울 포장마차
번개탄 위에서
눈먼 채 꿈틀거리는 먹장어들
(이 장어들은 흑암의 바다 개흙더미에서 끌려왔다)

57-3

검은 재 흩날리는 태백선의 역 이름들
함백
사북
증산
고한
황지

A

58 아직 태어나지 않은 책

아직 태어나지 않은 책은 물렁하다. 뭐라고 말할 수 없는 반죽덩어리, 그 물렁물렁한 책을 베개 삼아 나는 또 시상(詩想)에 잠긴다.

58-1

물감을 베고 누운 화가처럼
물렁물렁한 책을 베개 삼아
나는 시상에 잠긴다

58-2

밀가루반죽을 베고 누운 요리사처럼
물렁물렁한 책을 베개 삼아
나는 또 시상에 잠길 것이다

58-3

젖소의 늘어진 젖통을 베고 누워 있는 목동처럼
물렁물렁한 책을 베개 삼아
나는 또 시상에 잠길 것이다

인용한 작품의 제목 / 수록 시집

A

01 ········· 오징어3 / 『고슴도치의 마을』

02 ········· 게 / 『모래인간』

03 ········· 밤의 힘 / 『대설주의보』

04 ········· 얼음의 책 / 『회저의 밤』

05 ········· 편의점의 불빛 / 『눈사람』

06 ········· 물안개 / 『여백』

M

07 ········· 문짝의 안팎 / 『대설주의보』

08 ········· 지질학적 시간 / 『대설주의보』

09 ········· 나비떼 / 『진흙소를 타고』

10 ········· 의자의 수렁 / 『세속도시의 즐거움』

11 ········· 죽은 해마 / 『대설주의보』

12 ········· 수족관 / 『세속도시의 즐거움』

13 ········· 뿔 돋친 벽 / 『세속도시의 즐거움』

14 ········· 굴촉성 / 『모래인간』

최승호 1954년 춘천에서 태어났다. 1977년 『현대시학』으로 등단한 이후 『대설주의보』 『세속도시의 즐거움』 『반딧불 보호구역』 『그로테스크』 『고비』 등의 시집을 출간하면서 오늘의 작가상, 김수영문학상, 대산문학상, 미당문학상, 현대문학상 등을 수상했다. 현재 숭실대학교 문예창작학과 교수로, 시를 강의하고 있다.

문학동네시인선 001
아메바

1판 1쇄 2011년 01월 20일
1판 2쇄 2011년 02월 07일

지은이 | 최승호
펴낸이 | 강병선
책임편집 | 김민정
편집 | 정세랑 성혜현 김고은
디자인 | 수류산방(樹流山房)
저작권 | 김미정 한문숙 임현경
마케팅 | 신정민 서유경 정소영 강병주
온라인 마케팅 | 이상혁 한민아 정진아
제작 | 안정숙 서동관 정구현 김애진
제작처 | 영신사(인쇄) 선영사·경일제책사(제본)

펴낸곳 | (주)문학동네
출판등록 | 1993년 10월 22일 제406-2003-000045호
주소 | 413-756 경기도 파주시 교하읍 문발리 파주출판도시 513-8
전자우편 | editor@munhak.com
대표전화 | 031) 955-8888
팩스 | 031) 955-8855
문의전화 | 031) 955-3576(마케팅), 031) 955-2656(편집)
문학동네카페 | http://cafe.naver.com/mhdn

ISBN 978-89-546-1379-8 03810
값 | 10,000원

* 이 도서의 국립중앙도서관 출판시도서목록(CIP)은 e-CIP 홈페이지(http://www.nl.go.kr/ecip)에서 이용하실 수 있습니다. (CIP 제어번호 : CIP2011000084)

www.munhak.com
문학동네